故乡

陈春儿

著

九州出版社
JIUZHOUPRESS

图书在版编目（CIP）数据

故乡 / 陈春儿著 . --北京：九州出版社，2023. 3
ISBN 978－7－5225－1742－1

Ⅰ . ①故… Ⅱ . ①陈… Ⅲ . ①散文集—中国—当代
Ⅳ . ①I267

中国国家版本馆 CIP 数据核字（2023）第 056185 号

故乡

作　　者	陈春儿　著
责任编辑	沧　桑
出版发行	九州出版社
地　　址	北京市西城区阜外大街甲 35 号（100037）
发行电话	（010）68992190/3/5/6
网　　址	www. jiuzhoupress. com
印　　刷	唐山才智印刷有限公司
开　　本	710 毫米×1000 毫米　16 开
印　　张	8. 75
字　　数	79 千字
版　　次	2024 年 1 月第 1 版
印　　次	2024 年 1 月第 1 次印刷
书　　号	ISBN 978－7－5225－1742－1
定　　价	68. 00 元

目　录
CONTENTS

芦　花

芦 花

　　有这么一个村庄叫芦花，曾是芦苇花飘舞的村庄。

　　有这么一所中学叫芦花中学，曾是培育芦花村人后代的一所中学。校风："全面、勤奋、求实、创新!"

芦花，一处 2.28 平方公里，拥有 480 户人家，1560 口人的村庄。

芦花，如其名，名字简单好听！顺口优美！

芦花，如同一个小城镇，这里，村子经济繁荣，有各式各样风味的小吃，还有芦花卫生医院，店铺林立，"麻雀虽小，五脏俱全"。

芦花的晨与昏，日出与日落，田野风光，甚是美丽！

翻开一页书扉，读一个村庄，如同欣赏一位绝代佳人。

写于 2022 年 4 月 8 日

芦花·雨夜·静想

雨夜清风，徐徐飘来，芦花的大街小巷会在一夜之间喧闹起来。

时钟滴答滴答地响个不停，我生命的时钟也是在四十年前的某时某刻敲响！

多么雄浑有力，多么高亢激昂，多么清晰动听！

芦花街静谧的雨夜，村民已沉睡，在梦乡漫游……

是一路奔波的辛劳；是风吹草动的心跳；是夜深沉的呼吸。

芦花的夜晚，有多迷人，芦花的街，就有多沉静，芦花的河，就有多沉默。

芦花，是一个村名，也是一种植物的别名，叫芦苇花。满天飞舞的芦花，潇潇洒洒，飘飘扬扬，如枫叶般回旋在芦花村的天空中！

芦花的河流，是如此的曲折，芦絮飘浮、清澈、甘冽，却又不失温柔……

街边的灯光呀，昏黄，昏黄……映着行人的倒影，朦胧在夜色中。而万家灯火，又如天穹里的繁星耀眼迷人！

雨夜，没有星光做伴的夜，该是多么的黯淡。没有月光的夜，该是多么的寂寞。曾经，皓月当空，普照大地，无数次遐想月宫中的嫦娥仙子的容姿，究竟会有多美？

今夜，无月无星辰，沉默又无语。

听雨，仿佛是远处传来的丝竹之声，仿佛空中洒满鲜花，又仿佛普陀山涛涛的莲花洋翻腾的波浪声。

是山川重现；是河流奔腾；是混沌天地重新开创；一场惊
心动魄的变化正在芦花暗潮涌动！

写于 2015 年 3 月 15 日

芦花街夜景

芦花街，说不上繁华，道不上沧桑。如他的名字，曾经有无数的芦苇花围绕。

记忆中的芦花，春风荡漾，芦苇随风飘扬，似阵阵波涛。每当秋天来临，芦花飘满整个街道。

曾经的芦花街，是名副其实的芦花满街！

芦花街迎来了新的潮流，那些记忆中的芦花已荡然无存。许多垂柳、桃树、夹竹桃矗立在芦花河畔。清新整洁的芦花河，悠悠地流淌着……

每当夜幕来临，芦花河迎着落日西沉的远山。芦花街灯开始点亮，那整排的路灯，像夜空中的繁星点点，倒映在芦花河里。河边经常有许多垂钓者，一盏盏蓝色的灯光，就是那些钓鱼爱好者在河边垂钓的踪影。

每当夜晚来临时，许多农民拿着自己种的新鲜蔬菜在芦花街口、闹市区摆摊，总会招来许多围观者，打听菜价，捡便宜的就买。

芦花的各式小吃也琳琅满目地摆放着，芦花的各大超市都灯火璀璨，到处都是人群，好不热闹！

夜，深沉地呼吸着。芦花街的人们开始进入了梦乡。我与整个街道也安静地休息了。

芦花街沉睡了，一如它白天的喧闹，为的是迎接一个崭新的黎明！

写于 2015 年 2 月 12 日夜

夏，漫步在芦花

夏的夜幕已降临，万物渐渐沉睡。安静地散步在芦花河畔，几盏通红的路灯已点亮。

沿着"沈白线"，旁边是农田、家舍。两边都被四周的青山包围着。青山变得浓墨般凝重，远处的天边飘着红云，将天空染成淡红色。

两边是忙碌的行人，川流不息。公路旁的绿化带，栽种着"玉荷花""红茶梅"和"夹竹桃花"，将公路装扮得香气袭人！

芦花桥的对岸，许多村妇在洗衣，闲人在垂钓。

夏日的夜空，一轮明月早早地挂在空中，泻着银光……映照着苍穹大地。

每当晚饭后我与母亲都要来此处散步。一饱秀丽的田园风光，也是一种赏心悦目！

　　我们一边淡心，一边漫步，时常会碰到一对对情侣，或是一对对手牵手的年迈夫妻，感觉他们在重温初恋时的温馨。他们的爱情就像田野里清凉的风。他们的爱情柔情欢畅地流淌在时间长河里，成为一种美的回忆！

写于 2008 年 8 月 10 日

芦花·母亲河

芦花村的母亲河是一条蜿蜒曲折的芦花河。

河面上浮着珍珠河蚌，如翡翠般光彩夺目。

河水清澈，波光粼粼，微风徐徐，母亲河如蓝色的绸缎，荡漾在绿色的海洋里。时而静得出奇，时而活泼流淌，时而随波逐流，时而又一往直前！安详的如一位老者，青春的如一位少女，一如既往安静地流淌着……她围绕着整个芦花村庄的农田阡陌，如一条银色的玉带缠绕着整个芦花。妖娆、妩媚，又如山间云雾烟波浩渺。母亲河陪伴芦花村走过多少个风风雨雨，母亲河是记忆中流淌着的"生命之河"。

河中倒映着河畔的垂柳和春桃，丰富了母亲河的内涵。记载着芦花历史的母亲河，忘了时间的停止，忘了垂钓者的悠闲，忘了鱼儿的梦想。静静地荡漾着，就这样，一直向前奔腾，奔腾着走向美好的明天。

写于 2015 年 3 月 15 日夜

雨夜·听歌

音乐响起，心律波动，午夜歌声飘荡在夜空。

芦花的夜很静，只有雨滴的声音和远处传来汽车辗过道路的回音。通红的路灯，湿漉漉的地面，温和的空气，在芦花的深夜里。我沉醉在美妙的音乐中，心随着美丽的音符在黑夜里舞动！

雨夜，静得出奇。听歌，随风飘荡。

只听一阵急促促的车轮声从远处传来，消失在无尽的黑暗中……

期待黎明的曙光绽放在东方的天空！

写于 2015 年 3 月 15 日

春・夏・秋・冬

想你，在初春的夜里……

想你，在初春的夜里听百灵鸟的欢叫。

想你在风起的夜里。夜，深沉。我，思念如潮水汹涌！

我，依旧静坐在深夜的书房里，聆听夜深沉的呼吸。

夜，初春起风的深夜，聆听桃花悄然在枝头绽放花蕾的气息声。

想你在初春的不眠之夜。回忆昨日的点滴，一股暖流涌入胸膛，温暖我渐冷的心，回味你弥留的温存。

漫步在绿荫小道上，春暖花开，万物复苏。在春天的日子里，格外思念你……

思念如涓涓细流，源源不断地流淌在脑海里……

思念如一枚橄榄枝，一只白鸽衔着绿叶在天空中掠过……

思念如一杯醇醇的烈酒，越品越浓郁，芳香诱人，回味很久……

思念如一团难解的乱麻，越缠越难解的风情，只有相恋的情人才能读得懂这份深情。

想你了，在初春的夜里，用心灵去聆听春天的讯息，在我思念你的日子里……

写于 2011 年 6 月 10 晚

春天的记忆

春是温柔的，像腼腆的小姑娘。

春是缠绵的，细雨绵绵，绵绵不断地延续着……

春也是羞涩的，像温柔的女孩子。

春是生机勃勃的，处处百花争艳，一片生机盎然，到处是生命的迹象……

春天来了，唤醒了世间万物，充满着希冀和生机。

我赞美春天。是它播种了生命的种子，带来了生命的希望。春天这么美，宜人的气候，清新的空气。

我歌颂春天。"一年之计在于春"，是春带来夏的怒放，秋的丰收，冬的休憩。没有春天，四季将黯然失色。

春是美丽的，难忘的；春是色彩斑斓的，鲜艳的。

难忘春天，难忘一个美好的季节。它带来的希望和惬意将永远留在人们心间。

春雨，一道美丽的风景，春雨滋润大地，滋润人们的心田……

一声春雷惊醒世间人们的梦，春天的记忆是国富民强，国泰民安。

写于 2014 年 3 月 18 日

马年的岁末，羊年的春天

一切随风摇曳，马年的岁月已近尾声。

我蓦然回首，青春消逝在时光中。

不想，美妙的生命光阴浪费在欢乐的嬉戏中，

不想，苦短的人生尽是悔恨的记忆……

不想，岁月的足迹印着的始终是单一的脚印！

岁月，如悲歌，哀伤动人；岁月，如丝竹之声，清脆悦耳；岁月，如流水，清澈明亮……

岁月，变迁不断，却不变曾经的面容，却不改如歌如泣的声音，却经不起推敲。

岁月，会苍老吗？如美貌的妇人变得年老色衰？

岁月，会苏醒吗？如迎春的黎明，一觉醒来，焕然一新！

羊年的春天到来了，我们一起准备迎接2015年的新年吧！一起采撷旭日东升的憧憬，一起为明天的飞跃而时刻准备着。

羊年的春天到来了，一路欢歌，一朝兴奋。我们都沉醉在美好的日子里。那有苦有甜的日子是多么肥沃的土壤，它培养了我们这一代少年精英！

羊年的春天到来了，该忘却悲哀的日子，那已成一段历史，历史的沉淀总是刻骨铭心的经验教训。

羊年，一个喜气洋洋的年月，应该有一个美好的终点，喜得马年成骏业，笑看羊岁展宏图。

写于 2015 年 2 月 18 日夜

夏

炎热的夏季来临了，知了叫个不停。火热的太阳，炙烤着行人，唯有洁白的浮云，自由自在地在天空中飘游。

姑娘们很开心地迎接夏天，因为她们可以穿上五彩的裙衫，漂亮得不得了。

舟山的夏天，有时会遇到台风，十二级台风可以刮得行人寸步难行，也可以摧毁庄稼，甚至可以揭起房顶，将大树连根拔起！

但是，台风也带来了凉风暴雨。夏天的雨水称得上"黄金雨"，降低了舟山的温度，增加了空气湿度……

夏，是荷花盛开的季节。洁白或深红的花瓣，别样的美。也是石榴花绽放的时候，著名作家郭沫若说"石榴就是夏天的心脏"，可见石榴花的风姿。石榴皓齿红唇，似夏天的心脏正在烈日下热烈的跳动着……

夏，最辛苦的要数勤劳的农夫。

夏的夜晚很是迷人。皎洁的月光下，繁星点点，人们在葡萄架下偷听"七夕"时牛郎织女对话。大人们讲述一个个传奇故事给娃娃们听，有童话、笑话、寓言。萤火虫飞舞在田野里，小姑娘们把萤火虫放进葱管中，萤火虫在葱管里面一闪一闪的，戴在手上像一只闪着银光的翡翠镯子，特别漂亮！

面对夏的夜晚，充满无限的幻想。浩渺的夜空，藏着多少秘密？

写于 2018 年 7 月 10 日

秋叶祭

小夏，普普通通的舟山人。因为得了一场病，服了大量激素药物，身材变胖了。但她性情开朗，不拘小节，大大方方。她说，"你喜欢开心地过每一天，还是忧伤地过每一天？"她说她选择微笑地面对每一天。直到她去世的那一刻，她都是含着笑。

小夏很幸运，她有个疼她、爱她的好丈夫。她的丈夫其貌不扬，小个子，但小夏被病魔折磨时，她的爱人总是对她万般呵护关心，不离不弃地陪伴着她。小夏不幸病重离开了人间，她的爱人匍匐在她的身旁撕心裂肺的痛哭。

小夏是很热心的。听说舟山有谁得了红斑狼疮，她总是热情地为他们指路，陪同他们去湖北武汉治病。

小夏是不幸的。那么多的红斑狼疮病人都治愈了，她却与人间永别……

小夏很好强，自从生了病，不仅求医，还学医。湖北的那位医生被她的精神所打动，就教她红斑狼疮病的治疗方法。她是病人中的佼佼者。曾治愈过舟山一个男病人。只可惜，她没有好好地保护自己的身体，导致红斑狼疮复发而病亡。

小夏，我闻到了秋的气息。我从遥远的故乡赶来，来看望你，我知道你最喜欢秋，你说秋天仿佛是你的季节，让你感到自己的真实。而你也最怕秋了，落叶纷纷寻找崭新的来生，而你却不得不面对惆怅万千的红尘。

风一阵阵地吹来，送来苍凉的秋，又是一个冷落清秋了。小心翼翼地在你的面前放一片深红的枫叶，再轻轻盖一捧黄土。小夏，真不知这埋你的到底是多情还是无情。秋蝉寂寞地催着叶落。来看看你，看看你已成冢的无奈，看看你孤傲的灵魂。

夜幕已降临，明天又会是怎样的一个黎明。

写于 2017 年 8 月 20 日

秋天的早晨

　　十月的芙蓉花正含苞怒放，清秀，高雅又端庄，留给世人无限希冀和赏心悦目。

　　这样一个秋天的早晨，我可不想浪费在被窝里。起了个大清早。呼吸一下新鲜的空气，远眺灰蒙蒙的天空，伸伸懒腰，迎接日出的来临。

　　我的家就在芦花。曾经的芦花中学，是家喻户晓的一所农村中学。芦花中学背靠徐家山，坐落在芦花村中心地段。1958年8月，创办于部队营房，简称：普陀县第三初级中学。1959年2月，更名为"舟山第五初级中学"，始建校舍。1970年，始招高中。学校占地面积30亩，建筑面积4096平方米，学校运动场设有250米环形跑道。从2016年开始，"芦花中学"就成了一个记忆。我曾在芦花中学进行了长达6年的学习与生活。曾经的芦花中学，留给我很多美好的回忆。如今，这里成了舟山旅游商贸学校。

沿边的农田，及我的旧住所处——芦花粮站旧址一并被职校兼并，盖起了新教学楼。

那处芦花粮站旧所曾是我学习的书房，我整整待了十年。书房的墙上贴满了古今著名书法家的"字帖"。我十多年的习字，为的是练一手好字。

如今，我年轻时的书房伴随着被兼并，消失在记忆里。让我受益匪浅的是我最美的年华，青春的岁月，承载着我不懈的努力与孜孜不倦的求学。

想一想，有时"塞翁失马，焉知福祸"！如果不是我体弱多病，我早已成家立业。我的青春被淹没在无尽的"相夫教子"中，为生活不停地劳碌奔波，怎么有时间去习字，去写作。

我的人生之路，从一开始就注定是一次与众不同的旅行。

我的青春没有虚度，没有遗憾。在这段最年轻的时光中，我刻苦钻研我的学业。

"面壁十年图破壁！"的确，我何止是面壁十年，应该是二十年吧！在小小的芦花。

今，二十年过去了。我迎来中年，我的人生激情就要尽情释放！

"冰冻千尺，非一日之寒""梅花香自苦寒来，宝剑锋从磨砺出"，那么多的励志名言，在我心底澎湃不已。

　　我的中年时代——青春的尾巴，一个崭新又耀眼的人生里程，我不想让它荒废在无尽的琐事中！

　　　　　　　　　　　　　　　写于 2016 年 11 月 6 日

初冬随想

南方的冬天还算暖和，没有鹅毛般的白雪飘落，多的是绵绵细雨。大山沉默了，他脱下了青色的绿装，穿上了橙黄的衣裳；田野寂寥了，很少有农人在那里劳作。初冬的天空变得灰蒙蒙，毫无春的生机。

忽然，一群美丽的白天鹅闯入了灰色的视线。它们像一道亮丽的风景线吸引我的目光。白天鹅在平静的湖水中欢快的畅游着，尽情地扑腾着它们洁白的双翅。那是一个生命给苍凉的大地平添一种勃勃生机。生命真美好！

路边洒落着片片梧桐叶，梧桐树光秃着脑袋站立在路两边，像是垂暮的老人。阵阵寒风呼啸而过，这些在寒风中颤抖的老者那样弱不禁风，他们发出"哗哗"哀伤的呻吟。

年轻的妈妈脱下厚重的棉衣裹着一位白发老者并搀扶着她缓慢前行。这让我忆起另一幕：二十多年前，一位年轻的母亲怀里抱个小女孩，她们也是在不停地赶路，快速前行。

时光飞逝，小女孩也当了妈妈，她用孝心回报母爱。

冬日微冷的气候，冷风夹着细细的雨丝吹打着行人。咀嚼这份人间真情，我忽然想起："冬天来了，春天还会远吗？"

写于 2002 年 12 月 9 日

冬日，渔港思绪……

寒冷的季节，是隆冬，一切被风雪装扮得洁白、素净。

风吹着口哨光临这座岛城，美丽富饶的舟山群岛，银装素裹，分外妖娆。

远洋的渔船都安详地停泊在海港内，飘扬的帆旗在寒风中舞动身姿。我故乡的海，格外的美，格外的多情！

海鸥在海面上穿行，他们像白色的精灵，点缀沈家门渔港的天空，一如白鹭穿梭在原野，停洒在绿树丛林里，一样的风景，一样的美。

冬天的大海，舟山的沈家门渔港。滨港路上人群来来往往，车水马龙，耀眼的红绿灯在不停地闪烁，见证着著名渔都——沈家门繁华的景象。如果想要见识往昔的渔都风貌，那就去走走新修建的鲁家峙地下海底隧道，宽敞的地下海底隧道，两壁上摆放着的摄影作品，是沈家门曾经的历史画卷。岁月沧桑，时光荏苒，是海岛记忆的沉淀。

那一张张鲜活的画面，就在刚刚流淌的时光中成为一段历史。那繁华的场面，各地渔民与岛民同乐同庆的欢乐荡漾在海岛的空中。

曾几何时，丰收的景象，喜悦；曾几何时，渔灯节，美不胜收；曾几何时，渔市美食节，让岛民的生活充满情趣。

风停了，沈家门渔港的海依旧宁静，波澜不惊。如今，那连贯城与岛的天堑通桥——鲁家峙大桥，如彩虹悬挂在沈家门港的洋面上。

舟山，成了半岛。是五座拔地而起的连岛。跨海大桥缩短了舟山与外面世界的距离，成为一种奇观。白雪皑皑的群山下，冬日的跨海大桥如一条白色的蛟龙游弋在茫茫大海中。

这是一处独特的风景，一条连接外界的捷径，让舟山群岛的面貌焕然一新。

不久将是立春。多么美好的期盼！

朱熹的"宝剑锋从磨砺出，梅花香自苦寒来"，静静的海岛，辛勤的岛民在这里生生不息，繁衍子孙，凭借打鱼人的吃苦耐劳精神，舟山——沉睡千年万载的岛城，即将迎来新的机遇与挑战。

看，烟波浩渺的大海，让人想起林则徐的名言："海纳百川有容乃大，壁立千仞无欲则刚。"

听，响彻天空的扬帆号角声。渔民望着灯塔的方向，安全地驶离渔港，向着满载而归的夙愿启航！

写于 2016 年 2 月 1 日

故乡的人

我的母亲

　　母亲是伟大的，母爱是无私的。我的母亲是个普普通通的家庭妇女，每天忙里忙外地操持家务，没有她，哪有我和弟弟的衣食无忧。母亲总是特别能吃苦耐劳。家里经济拮据，母亲恨不能把一块钱变成两块花。

　　平日里，母亲种些蔬菜，节省费用。而且，我家的粮站都是母亲在经营，母亲还要做饭给我们吃。母亲仿佛有两双手，做任何事都特别快，特别好！

　　有一年，我患了重病，唯有母亲照料我，陪伴我度过了多灾多难的青少年。没有母亲，也许我早就从人间"蒸发"了。

　　母亲也爱美，她总是不舍得买衣服，却总是给我买昂贵的衣服。母亲对我的好，令我终生难忘，一辈子也报答不完她的恩情。

　　也不知从什么时候起，母亲的额头满是皱纹，头发变白。

母亲几乎把全部精力都耗在我和弟弟身上，还有我们这个家。

　　一位诗人说："为何我的眼里常含泪水？因为我对这土地爱得深沉。"母亲同样对我们爱得深沉。多少次将我从死亡线上拉过来。我对母亲也爱得刻骨铭心。

　　在父亲40岁的时候，父亲突然得了慢性肾炎，全身浮肿。没钱去医院治病，我母亲每天到处打听治肾炎的偏方。后来，一位精通医术的阿姨帮忙给我父亲治病，父亲的病情终于控制住了。我见证了父母的爱情，母亲这样地爱着父亲，将奄奄一息的父亲给治好了。没有母亲的四处奔波，也许父亲就永别人间了。所以我对母亲特别的敬爱，她任劳任怨的精神，是我学习的榜样。母亲是最伟大的！母亲是我这个世上最亲最爱的人。

写于 2018 年 8 月

阿婆的人生

1941 年的某月，阿婆诞生在一个普普通通的农民家庭里。因为家里生活困难，女孩没有留在家中。

阿婆被抱去一户农民家当童养媳。那年她才 10 岁，从小乖巧的阿婆就知道讨好主人家。每天清晨，阿婆早早地起床，搓草绳。等主人家睡醒了，阿婆早已搓完了一大捆的草绳。（注：草绳卖掉赚钱）阿婆这样做，只是为了讨好"婆家"，能有口饭吃。

有一次，主人家要阿婆在隆冬去捡菜叶子给鹅吃。白雪纷飞的冬天，冷得发抖，哪里有青青的叶子？阿婆一个小姑娘愁得心酸。伫立在白茫茫的农田里，望着萧条的冬日景象。满眼是枯草丛生，阿婆突然眼前一亮看到一丛绿，高兴地误以为那是野菜。满满的摘了一篮子回家。

第二天，菜地里的农民来向阿婆的主人家告板状。这回主人家动怒了，把小阿婆绑在了木板凳上。大庭广众之下，将小阿婆绑在木板凳上，用宽宽的竹棍抽打屁股。不一会儿，院子里围了一大群邻居，阿婆被打得号啕大哭。竹根打断一根，又换一根。阿婆的屁股被打得红肿，乌青一块又一块，连成了一整片。

后来，阿婆的姑妈知道了这件事，就带着阿婆的小姐姐来主人家看望她。阿婆不敢在亲人面前多说一句话。姑妈让阿婆将后背的衣服掀起来，阿婆胆怯地躲了一下，嘴里嘟囔着："没事，不要紧……"阿婆强忍了眼泪。

再后来，阿婆的姑妈给她重新找了一个"婆家"。她继续做童养媳，过这样的日子。

有一天，姑妈来阿婆婆家探望她，给她扯来几尺新布，让她做件新衣穿。结果，当姑妈再次来看她时，看见婆家自家的姑娘穿着她给小阿婆买的新衣，而小阿婆依旧衣衫褴褛。姑妈流泪了，知道阿婆日子过得苦！

就这样，阿婆的姑妈又给她换了"婆家"。一处又一处，总共换了5处人家。为的是给阿婆找一户好婆家。在最后一个当童养媳的人家，因为那户人家的小主人，也就是阿婆未来的"丈夫"，瞧不上小阿婆，另娶了一房媳妇。阿婆才算解放，正值豆蔻年华，恰逢新中国已成立，舟山也早已解放了。阿婆终于获得"新生"。她靠自己打工做点粗活，自己养活自己。后来，经人介绍认识我的阿公，与阿公喜结良缘。

　　阿婆是20岁结的婚，婚后生了两个儿子。两个孩子都刻苦读书，成了公务员。阿婆终于扬眉吐气了！两个儿子都挺孝顺，阿婆的晚年过得挺幸福的。也不枉费阿婆一番心血，含辛

44

茹苦地养育两个儿子。阿婆和阿公俩人都是农民，靠着种几亩薄田种些蔬菜为生，每天往来于田间与菜场。两个舅舅年幼时，都体弱多病，阿婆不得不辛苦地劳作。

如今，政府拆迁，他们一家住进了新房，原来5间平房，宽敞的草坪地不见了，换了一块地基造了一处别墅。另外，还有一套120平方的商品房。政府给每户失地拆迁农民一定的社保，每月可领取一笔养老金，且逐年增加。经济条件改善了，生活水平提高了。年迈时，阿婆就天天念经，西方极乐世界成了她的向往，也成了她的精神支柱。两个儿子成器，孙子们也都聪明能干，成了大学生，一个在杭城做律师，一个担任外语翻译。

时光荏苒，岁月如梭。阿婆今天的幸福生活，是舟山经济、社会不断发展的缩影。

阿婆只是一个普通又朴素的农村妇女，一个当过童养媳受过旧社会伤害的女人。幼时经历的苦难造就了她坚韧的性格。对一字不识的她来说拜佛念经也是需要毅力。

那天晚上，阿婆的大儿子陪阿婆聊天聊到深夜。第二天黎明，阿婆便离世了。阿婆已积劳成疾，得了严重的心脏病，心肌梗死。

永恒的79岁，一个农村女人一生的终结！

写于2021年3月6日

阿婆，一路好走！

阿婆，您冰冷的尸首停在殡仪馆里，您像是睡着了。

阿婆，您离开得太匆忙，没有留下片言支语。

阿婆，您一定是去了您向往许久的西方极乐世界，一个没有忧愁、没有烦恼的地方。

去年，您跟我讲述了您悲惨的童年、少年和青年。您的泪水淋湿了昨日灰色的岁月。您年老了，终希望去一个西方极乐世界。那里有最美的憧憬。

今年，我们相聚的时间里，您被病魔折磨得心力交瘁。您走了，我们一起送您，一路好走。您一定是去了那个您向往很久的天堂。

您的生命永远停留在 79 岁的时光里。

那是一个封建的年代，一个重男轻女的旧中国时代，舟山也沉浸其中。阿婆悲哀记忆里的童年，是那个年代的大部分穷人家的女孩的遭遇。

同情和悲悯之心是无用的，命运的捉弄是始料未及的。

伴随着您的离世，为一个时代女人的悲哀人生画上句号。

写于 2021 年 2 月 5 日

我的语文老师

在还没跨入高中的门槛时，我早就对高中的"苦"有所耳闻。好胜的心促使我更坚定了读高中的念头。然而，谁会想到高中的语文竟是如此地轻松与幽默。谁会想到这位个子不高，戴一副变色眼镜，且行走如风的老师，竟有一套极妙地教学手段，真可谓：人不可貌相。

早自修的铃声早已响过，这一回的响铃，便意味着上课。面对窗外，匆匆地奔赴"战场"的镜头。从门口突地闯进一个男教师。打断了教室里的喧闹声，这便是我们的语文老师。只见他一手捧书，另一手推了下鼻梁上的眼镜便开始了他的授课。

说到他讲课，却是别开生面的。在短短的45分钟里会穿插关于文学的知识，让我们这群土里土气的农村学生也增长了见识。而奇怪的是每堂语文课总是有几首在书中"似曾"见过的古诗。天天讲，我们便怀疑他藏在肚里的古诗有多少？

除讲授诗的妙处外，他也会让我们一饱耳福。听一些古今中外的小说并道出自己对小说的评价或者此小说的成功之处。就这样，为看似紧张的课程中增添生动、活泼的因素。一节语文课后，脑海中便留下了很深的印象。

而且，他对付那一群捣蛋学生的手段也是幽默化了。不是硬生生地板起脸孔，不是暴怒地带有责备的语调来向学生兴师问罪。他的声音竟会变得异常的温和，又面带微笑地问一句富有幽默的话，"请问您有何高见，但言无妨"，或是"你是否不舒服，趴在桌上，最好要事先跟我打个招呼，也让我心里有个准备……"他这样问话，反而使那些班级中的"极端分子"下不了台，支吾着，红着脸跟随同学们一起发出笑声。这时，他们似乎多了几分自知之明，便安分地坐在位置上听课，他也便继续讲课……

这样，在有些同学心中语文难学又枯燥的看法逐渐地消除了，少了对这门课的恐惧感后自然便容易学，也肯学了。也许用生动的讲解，用活泼的课内气氛来消除以前对语文课的误会，是他成功之处吧！

瞧！行走如风的他又来了，眼镜背后的深邃仿佛是无边无际的汪洋大海。听！富有节奏的声调，轻快的韵律，像是又奏响《命运交响曲》，给人以精力与激情。这就是我们的语文课！

写于 1994 年 10 月

你——老师

（谨以此文献给所有的老师）

从春天走向夏天，从秋天迈向冬天，一年四季轮回。

你是我的"梦中情人"，是我最真的初心。

没有你的日子，天空是灰暗的，心情是忧郁的，你是我唯一的心灵寄托。

从草原到高原，从丘陵到荒漠沙丘，中华大地到处穿梭着你的身影。

有高度，有深度，大地不只是一片孤寂。你的梦想描绘在我心中雄伟的山巅之上！

你，着一身朴素衣装，来到我的面前，令我眼前一亮。

你，踩着一片秋天云彩，火红枫叶，来到我的面前，仍令我欣喜若狂。

因为三尺讲台，是你身影辗转的地方，教书育人是你的全部内容。

没有多高的薪水，平凡的身份，艰苦的工作任务！平凡的工作岗位，让你发挥园丁的光芒。

年复一年，年轻的背影已渐渐模糊，你追求工作的极致，兢兢业业！

一缕缕白发，一根根白须，见证岁日蹉跎，见证你默默付出的辛苦。园丁似辛勤的蜜蜂，学生似芬芳的桃李，花园是你们最美好的乐园。

你的声音已渐苍老，嘶哑，你的容颜已青春不再，你用生命讴歌为人师表的付出——值！

写于 2021 年 11 月 26 日

干 爹

清明节到了，这些天雨水特别多，符合这个清明的气氛。阴霾的天空，冷空气来临了，让我想起唐朝诗人牡牧的诗《清明》。

清明时节雨纷纷，路上行人欲断魂。

借问酒家何处有？牧童遥指杏花村。

提起清明节，又想起了干爹，不禁泪水潸然而下。干爹得了肝癌，与我永诀了。没能与干爹见上最后一面，这是一种怎样的遗憾呢？

我的干爹是舟山海星轮渡公司的一名退休员工，年轻时，做过许多活，干爹靠着勤劳能干娶妻生子，养家糊口。

干爹为人随和，热情。许多人都让干爹看病，因为干爹略通医术。干爹治好过许多的病人的"疑难杂症"。每次治病回来，总能带回许多水果、糕饼之类的供品给我和干弟弟吃。

干爹待我如同亲生女儿一样，在我生病时，人生最低谷时，干爹认了我这个女儿，也给了我另一个家，另一种温暖。

我时常去干爹家，每次干爹都会热情地说"我的宝贝女儿来了"之类温馨的话语。我听了特别开心！

干爹的朴素是出了名的。因为出身很苦，所以特别地能吃苦，培养了他坚韧的性格。十多年了，我从没看见干爹穿过一件新衣服，买过一条新裤子。干爹都穿单位的工作服，或是许多年前买的衣裤。从不给弟弟买一件玩具。弟弟家里的玩具都是弟弟从外面捡来的，清洗干净，便成了自己的玩具。后来，我给弟弟买了一本《少年百科全书》，弟弟欢喜得不得了。我又送给弟弟许多种类的棋子，比如象棋、飞行棋、陆战棋等等。弟弟开心极了。弟弟的童年同样是五彩斑斓的。长大后，干爹送弟弟到军营中当兵了。

干爹就这样匆忙地走了，干女儿没来得及送您一程。心中煞是愧疚！不知，干爹的灵魂在另一个世界可否安好？

清明节到了，我们一起来到干爹的坟前，纪念干爹，愿干爹的病在另一个世界被治愈。

暮霭沉沉，五、六点钟。天还蒙蒙亮。我和干妈，还有弟弟一起来看望您。

写于 2019 年 3 月 13 日

我的青春

二十岁，我来到芦花。四十岁的我，仍居于芦花，芦花成了我的家乡。我的青春就在芦花度过，悲喜交加的日子。

安静，我心如止水。捧着书阅读，守着一家粮店糊口。我悸动的心何尝甘心平凡。

守着一寸故居，一寸芳心。我夜以继日，披星戴月，博览群书。为了完成一份使命，一个未了的心愿。

又是三月，阳春三月。春柳花红，我心花怒放。百花争相开放，像我的青春年华，有苦也有甜。

我的青春，有过徘徊，有过心酸，有过泪水，但更多的是为了理想而奋斗的快乐。很少有人能理解这份艰辛与快慰。

多少个春夏秋冬，我待在小小的芦花，用我的笔，用我的文字描写锦绣文章，为了与人共享祖国的秀丽风光。

我的青春，流淌过生命中的悲欢离合。我的青春，没有哀怨与叹息。因为我珍惜每个日子，青春是生命的璀璨！

　　黑夜过后总会有黎明到来，青春会有光亮。

　　青春会逝去，心却永不会老。

　　一晃，二十多年过去了，青春的尾巴还在，我依旧没有走出芦花。这里风光旖旎，这里山清水秀。

　　静静的芦花河，缓缓地流淌在阡陌山野中，像一条莽带镶在芦花的村庄中。

56

　　春天，春生草长，万物复苏。鲜花怒放的日子里，孩童们争先恐后地去放风筝，去田野中领略天地万物的自然之美。

　　春天时而烈日炎炎，时而雨水缠绵。却是一年四季中，最舒心的季节。如同我的青春年华，金色的华年。

　　春天是青春的记忆，青春的象征，是我最好的年华。

写于 2022 年 3 月 28 日

故乡文化系列

普陀佛茶

　　谷雨之际，是采茶的最佳时间。"一瓣心香，期待远方来客；一叶香茗，恭奉四海茶人。"2022年5月23日上午，第十四届中国国际普陀佛茶文化节在舟山东港塘头佛茶园举行。本届佛茶文化节的主题是：植此青绿·共富未来。

　　著名的观音道场普陀山，佛茶栽种历史可追溯到唐代或五代十国。僧侣们在寺庙周围开辟山地作为茶园，亲手栽种采制，用来敬佛和待客，故名"佛茶"。清光绪年间普陀佛茶被引为贡品，并于1915年获巴拿马国际博览会银奖。普陀佛茶成为普陀乃至舟山的一张闪亮名片。

　　佛茶又称云雾茶，在每年"清明"以后三至五天开始采摘，采摘标准要求非常严格，鲜叶为一芽一叶至一芽二叶。初展，并要求匀、整、洁、清。采摘回的鲜叶薄摊于垫中。需经过杀青、揉捻、起毛、搓团、干燥等多道工序，炒制时还要注意茶锅洁净。每炒一次茶，需洗刷一次茶锅。

普陀区现有 4400 亩茶园，为提高茶农种茶和企业制茶的积极性和收入，提高普陀佛茶附加值，以茶为媒推动乡村振兴，实现共同富裕。

上午 9 时，中国佛教协会副会长、普陀山佛教协会会长、中国佛学院普陀山学院院长、观音法界管理中心主任、普济禅寺方丈道慈大和尚，应邀出席开幕式，并为佛茶文化节祈福加持。

开幕式有情景舞蹈、演唱、杂技、主题诗朗诵等文艺表演。佛茶园里有实景演出，市民及游客可伴着音乐饱览茶园美丽风光。

从佛茶园入口沿石阶而上，茶园在细雨中更显碧绿可爱，每隔一段路，便有一幕特色场景生动展示普陀与茶的渊源，游人在移步易景中，体味普陀特色的茶香茶韵。

茶香悠悠，舞姿婀娜，乐声清远，不仅道尽了普陀佛茶的风雅，也描绘了普陀茶人不断扩量、提质、育企、铸牌，推动茶产业高质量发展的一幅幅生动画卷。

为促进产业兴旺，茶农致富，本次佛茶文化节还配套举办了首届普陀佛茶斗茶赛、全民饮茶暨新茶品茗会、普陀佛茶摄影比赛、国际茶日活动。除此之外，还举行了 2022 年中国普陀招商推介交流会，广大客商，爱茶人士就普陀的产业经贸等领域进行广泛磋商和洽谈，有 4 个项目现场签约，为普陀经济社会发展注入新活力。

普陀佛茶历史悠久，舟山不仅是"东海鱼仓"，也是海上茶乡，历史上还是茶叶输出的海上港口。在漫长的历史过程中，茶与舟山人民的生活息息相关，形成了独具海岛特色的茶俗和茶礼，成了宝贵的民俗文化遗产。

为了让更多市民游客了解中国深厚的茶文化，2022 年 5 月 18 日开始，舟山博物馆推出"海上茶乡——舟山茶文化特展"，用文物讲述舟山茶的故事。

本次展览分茶味初见、茶事茶器、海上茶香、海上茶路四个单元，从历史渊源、制作工序、茶具流变等多角度生动全面地介绍了源远流长的舟山茶文化。90 余件与茶相关的文物，向观众们呈现"茶"的前世今生。

据介绍，此次展出的文物中，包含中国最早的"草药罐"和五代青釉热壶，以及 20 世纪 80 年代普陀佛茶第一代小方听等等。

"海上茶乡"舟山博物馆让游客们"品尝"茶文化的饕餮盛宴。普陀佛茶是绿茶的一种，不仅滋味甘醇，口感诱人，营养价值也特别高，它能保健身体为人体补充丰富营养，普陀佛茶的主要功效与作用有：1. 保护心血管；2. 降脂减肥；3. 抗衰老；4. 防晒。

普陀佛茶总体特征：外形似螺似眉，茸毫披露，色泽翠绿微黄，茶汤明净，香气清新馥郁，滋味鲜醇爽口，叶底幼嫩成朵、嫩绿明亮。

　　在佛茶园中静静品一杯佛茶，远离城市的喧嚣，品味千年沉淀的"禅茶一味"。

写于 2022 年 5 月 24 日

即将消失的观碶头河

一条清澈的河，我出生地的河——观碶头河，承载着我欢快的童年，也承载着观碶头人的悲欢离合！

弯曲的河床，河边洗衣的村妇，河畔苍翠的樟树，树下纳凉的村里人。

我的记忆还停留在昨天——美好的童年。记忆中我经常在河边垂钓，很幸运一条河鳗被我钓到手，一路的血水流淌，我提着河鳗往家赶。我只认识水蛇，当初我误以为垂钓到一条水蛇。那种紧张与害怕，不知如何形容，因为舍不得那枚钓鱼钩，才硬把"水蛇"带回家，当我颤抖着手，将"水蛇"拿到爸爸面前时，他说："你钓来一条河鳗。"我听了很开心！因为河鳗的营养价值很高，市场上很高价，我随手将那条鳗鱼给斩头了。然后，亲自给爸爸做了一碗清炖鳗鱼。爸爸吃得津津有味。

　　观碶头河依旧悠悠地流淌着，成了我生命中一道最美的风景！

　　小时候，老猜想：河的那头是哪里？我拼命地追寻，我经常赶着一群大白鹅，放养在河里，我坐在河岸边欣赏"鹅戏水"！等了很长时间，大白鹅终于都跑远了，我才开始追赶它们，它们永远都逃不出我的手掌心，我总能顺利地将大白鹅追回来。那是四十年前，一个小女孩，一群大白鹅，一条蜿蜒的河，成了我童年最美的回忆……

　　夏天到了，水位线开始下降。我们村里的小孩子们都要去河里玩耍。洗澡、捉鱼、摸蛳螺、抓河蚌。这条河带给孩童的欢乐该是无穷无尽的啊！

观碶头河似一条玉带缠绕在绿色的田野中间，带来无尽的风光，河水似母亲的乳汁灌溉养育我们这个村庄的生命。

这条河渐渐地消失，因为它老了，不再如镜子般清澈，区政府安排拆迁这个村庄，建设美丽家园。良田，肥土地都将被规划，征用。

观碶头河就要消失了。承载着我的记忆，我的青春，幼时的乐趣都伴随着它的离去成了永远的回忆。

白鹭在河面上飞翔着，成双成对的。垂钓的闲人也已杳无踪影，从前这里有那么多人在河边的芦苇丛中垂钓，鱼竿上"幽蓝"的光亮，代表着有人影在河畔。

昔日的芦苇丛也消失了，栽种的整排的绿化丛林代替原汁原味的美丽村庄。

这里即将拆迁，河将孤独地流淌在观碶头的绿野阡陌中，直至水源枯竭。

但愿工业化建设带来地方经济腾飞的同时，也带来优越的排污设备，这条河就不会消失在历史的长河中。

但愿我们年华老去，河仍能永葆青春。

献给观碶头河我最深情的拥抱，如同几十年前，我躺在你的怀抱中"撒娇"。

你是我童年最美的回眸。你曾碧波荡漾，春风拂过，水鸟掠过，这是我对你最美的印象。

这里鲤鱼成群，这里河虾成对，这里能听取"蛙声一片"。

这条河的风姿不停地变化着，春夏秋冬，各有千秋。

幽静的、翻不起大风大浪的观碶头河，没有大江大河的气势磅礴和惊涛骇浪般的涌动，有的是母亲般温柔的胸怀。

写于 2022 年 4 月 8 日晨

普陀山的遐想……

一缕香烟缭绕在普陀山的山河丛林。

一曲梵音萦绕在普陀山的天空中，弥漫在空气中，如烟如雾如雨丝，悦耳清脆。

紫竹林，松涛阵阵，海岸波涛汹涌，让人想起了大慈大悲、救苦救难的观音菩萨，一心为天下苍生。

冬天，夜深沉！大地在厚厚的白雪下沉睡。春天，万物复苏，春焕草长，海水欲涨。天高地广，人间似天堂。

有时，我心沉痛，如一曲悲歌。我心哀伤，如一段忧箫。有时，我心情舒畅，希望自己化作一只小鸟在蓝天飞翔。

时光的空气在我心的舞台隆重登场。宇宙的精华浓缩成生命精灵在地球——人间，绽放无限光芒。

我仿佛听到佛乐声声，声声入心。

我仿佛看见南海观音大佛转动法轮，拯救苍生！

普陀山，观音的千年道场。

普陀山，有着"海天佛国"的美誉。

普陀山，集寺庙、海、沙石于一体。

普陀山，天依旧特别的蓝，云特别的白，到处绿树成荫，芳草茵茵，鲜花怒放。普陀山随处是羊肠小道，曲径通幽，连绵着各座巍峨的寺庙及风光旖旎的景点，时而艳阳高照，时而风雨交加，这边风景独好。史称"震旦第一佛国"。

这里，有"梅湾春晓""磐陀夕照""莲池夜月"等十二大景观。

这里，有南天门、普济寺、法雨寺、慧济寺、梵音洞、紫竹林和洛迦山等九大景区。

倘与佛有缘，还会看到"海市蜃楼"，会见到"观音现身"。

普陀山真是一座神奇的山，一座别样的岛，是舟山群岛中的一颗"璀璨的明珠"。

写于 2022 年 5 月 13 日

桃花岛游记

　　黄昏时，大约是下午四点半，我乘坐轮船向桃花岛方向去旅游。五点半左右，我顺利地来到这座海岛——桃花岛。

　　天色已暗，这座小岛也渐已沉寂，我置身于陌生的小岛上。于是，乘一辆三轮卡车，驾驶卡车的是个中年男子，腿有点瘸，中等身材，皮肤黝黑。我向他询问："这里有没有价格便宜的旅馆住处？"他说："红牡丹旅馆挺好的，标准客房就只要五十元。去那里吧！"我应道："好吧！"一会儿，三轮卡车停在一条街道的一旁，外面的广告牌印着鲜红的"红牡丹旅馆"几个彩色艺术字，我走进旅店，听到开车人与店主在攀谈，但不知讲了些什么。后来，店里女主人带我上了二楼。打开房门，只见房里有两张床，有彩电、空调，还有卫生间。因为窗帘遮住了窗户，没有察觉窗子是没有插销的，都半敞开着。等房子的主人下楼后，我掀开窗帘才发现一整排的窗户都没有插销，我顿时吓了一跳，太不安全了。忙跑下楼责问客房主人窗户怎么关不上。女主人没有反应。我心惊胆战地走出旅店，旁边是一家做门窗的店铺，据说是兄弟俩人合开的，再隔壁是一家药房。我向这些隔壁邻居们诉说了旅店的情况。几个男人问我："你是一个人来桃花岛的，家住哪里？"我应了一声，支支吾吾的说不出话来："沈家门……"那个男的说："你连自己家住哪里都不知道？"我连忙严肃地答道："俗话说：逢人只说三分话。我当然知道自己家在哪里，但为什么要将自己的具体家庭地址告诉陌告人？"药房里坐着一位年近花甲的老婆婆，忙说："这位姑娘说话蛮有资格的。"我来到药房，和管药铺的姑娘及坐在这里的这位老婆婆交流起来。老婆婆说："我年纪太大了，都六十二岁了。不介意的话，我可以给姑娘晚上做个伴。"我听了忙说："好啊！阿婆年纪刚好，阿婆您能陪我太好了，那就这么说定了。"于是，阿婆带我来到街对面的五金店，是她老伴开的。店里一圈人正在打麻将，阿婆收拾了一套睡衣，和我一起来到了旅馆。

走上楼梯，进了房门。我将窗户推开让阿婆看，阿婆说："是不行，不安全。怎么所有的窗户都没有插销。"这是旧式的房子，不是塑钢门窗或铝合金不锈钢门窗，安装的是普通样式的门窗，我们一人一张床躺着一起看电视，电视上播放着二十年前的老片子——《上海一家人》，我拿出一些水果给阿婆吃，阿婆说："我患有慢性肾炎、糖尿病，一些甜份高的水果最好别吃。不过，姑娘放心，这几样病是不会传染的。"我说："我爸也得过慢性肾炎，现在基本痊愈了。""吃得是什么药？"阿婆问道。"我爸是在浙二院看的，效果很好。""哎！我们海岛上经济困难，我总是喝些中药维持病情，到杭州看病要花多少钱？""第一次去大概四五千块吧！""要是四五千块钱能治好这毛病，我就是借也要去看病！"我说："阿婆您还是去看一趟吧！"后来，我们又聊了许多。从她口中，只略微知道些这岛上的生活和故事。她说："姑娘，你不要对任何人讲自己家的住址，也包括我。"语气很认真的样子。这一晚她看着电视，就熟睡了。我听到轻微的呼噜声，知道她已进入了梦乡，而我却怎么也睡不着，心还是惴惴不安，翻着从药铺姑娘处借来的《药剂师上岗必读》，慢慢地阅读着。一直读到深夜……我迷迷糊糊地打个瞌睡，过了两个小时后又苏醒过来，继续看书。

不知过了多久，天开始发白，变蓝，黎明将至。我就起床洗漱，整理床被时阿婆也醒了。我问她："阿婆，昨晚上你睡得还好吗？""好！"她说道。

我们一起走出房间，我向她表示了谢意。我背着包去这座岛城的街市寻找住处。看见一家"桃园大酒店"，就径直走进门去，问了价格有五十元一间的标准房，而且酒店里有餐厅可以用餐。店主带我去看了一下房间，我感觉蛮好的，就订了这

74

间客房。需中午 12 点后过来住宿。而后我去了一家早餐店，要了一碗南瓜粥，吃起来挺香的，比我家里的绿豆粥要可口的多。

桃园大酒店的门口对面街道旁停着许多辆公交车。我问售票员去安期峰该坐哪辆车，售票员说："这辆就是开往安期峰风景区的。"我就坐上了开往风景区的车辆。

不久，就到了安期峰风景旅游区。下了车后，我买了张门票：35 元，旅游区前面矗立着一个很大的石牌坊，显眼的写着"安期峰风景区"几个大字。整洁的水泥地，几片绿化地带，还有入口处几家特产小店。其中卖装饰品小店，门口挂满了各式各样的小装饰品，五颜六色，琳琅满目。

顺着阶梯，我一路按照门票的标志走去。刚好碰到一个三十岁左右的工作人员上班去，我就和她结伴同行，一路攀谈，走到一座凉亭前，亭内许多人物彩绘，每幅彩绘都讲述了一段引人入胜的故事。这位工作人员就成了我的导游，给我讲解一幅彩绘中有关小龙女的故事，娓娓道来。亭前面是一潭湖水，叫龙潭，上面悬挂着一条钢缆。她说："那是方便游客从湖面上划过去的。"湖对面的石崖雕刻着八只形态各异的石羊，石崖下面是一道瀑布。要是雨天，瀑布如白绢般洁白，清澈又流淌不息，叫作"八羊听泉"。只是今天天气晴朗，瀑布已干涸了，石崖上没有流水的痕迹，可惜我无缘欣赏一道这么美的风景呀。

只有崖上八只石羊或蹲或坐或站立在石崖上。

沿着"玉溪长廊",那缠满青藤的木板阶梯,漆成了棕红色的桥廊,我们一段又一段地沿途走过,再向上走就进入了安期峰的通道。木板路旁长满了野草和不知名的各色鲜花,还有几处矗立着巨石。

我左拐右拐终于登上了"金麟宝塔",塔身共七层,整座塔的造型精美绝伦。于是,我径直步入塔内,而与我同行的工作人员就去下面的寺庙上班了。只见每层塔内四壁都用油漆彩绘着有关东海小龙女的故事。一幅幅生动逼真的画面,将传说描绘得神奇又传神。我被塔内精美绝伦的画面、生动的故事给深深地吸引了。一段桃花海岛美丽的传说,一个神女传奇的人生。沿楼梯一层层往上看,每层塔身都有窗口,可以向外观景。直到走到顶层,从这里看沙滩,特别的清晰,大海安祥地静躺在沙滩前,显得格外深远、辽阔,此处便是金沙塔湾。从金麟宝塔的南面窗口望去,尽是山峰林木。金麟宝塔的外身全是彩色油漆,塔的四角飞檐上挂着铜铃,有风吹来,它就发出清脆的"叮咚"声响。

走出宝塔,我又拜访了对面的寺庙,向右拐,踩着褪色的木板来到"龙女沐浴"的地方:一处石龙喷泉。今天,同样是干枯的水潭。据说旁边摆放着的几只石缸就是小龙女化成龙形后洗澡的浴缸，此刻石缸里没有一滴水。

离开这里后，我继续前进，见前面有一个建筑"龙女阁"，走进阁内，瞧见一位端庄秀丽的神女，衣袂飘飘，风姿卓绝地站立在殿内，两边有金童玉女一对，还有几个有点张牙舞爪的虾兵蟹将立在两旁。殿内装修别具一格，一切陈设全是木制的。

沿途返回，途经龙王娘娘庙时，见庙门敞开，就进去烧香祈福。庙中只有一位六十岁的妇人坐在里面颂经念佛，与我热情地打招呼。给我打了一盆洗脸水，并说这里求签的人很多，听说很灵验，我也求了一卦。龙王娘娘庙始建于明朝万历年间，于2003年重建，至今已有400多年历史，相传宁波郭巨大旱的时候，人们来到龙潭请小龙女降雨，小龙女为郭巨降雨解旱，郭巨人为感激小龙女的恩德，在龙潭旁建了这座龙王庙，龙王庙内供着龙女娘娘。

就这样我整整游走了一上午，乘车回旅店，将行李搬至桃园大酒店。然后，就在酒店用餐。

午饭后，我又准备去欣赏另一处风景名胜：桃花寨。

还是在那里上车，颠颠晃晃中我已到目的地。去桃花寨的入口处有两条道，我不知选择哪一条路，就询问了游客。而后，我选了北边的小道。在小道的里面有一处入口是一条通向东边的山路。我隐约看见有座凉亭，小道的两边是艳丽的盆栽花木，显得漂亮又雅致。

上了道，一路往前，果然是一座亭子，这里也算是一个山顶，山下是烟波浩渺的大海。我走进这座木制的凉亭，坐在亭子里，远眺这无边无垠的大海，感受从未有过的惬意。我从未如此轻松与自在，仿佛自己已经融入了大海宽广的胸怀中，第一次如此深切地感悟她的博大与雄壮。大海被高山怀抱着，海浪也在不停地拍打着山脚下的岩石，我听到一声声海浪的回音和海鸥的欢呼。"积翠亭"就坐落在此处，显得格外的静谧、幽远。这里空气清新、凉爽。

积翠亭空无一人，只有我来到这里。

坐在木制的有点斑斓的亭子里，感受到些许舒畅，大自然真的很美！

迈步在石阶梯，一边是大海，一边石崖。一条狭小的通道呈现眼前，这下面之处叫"练珠洞"。洞内有海浪涌进，海水长年累月地冲刷着"石珠"，将它冲成"珍珠"的模样。海边又有一处"含羞观音"，隐隐约约的石壁有个身影，大约就是人们口中的观音。走过一段路后，来到一处平台。两个异乡游客在对着太阳计算方向，我感到好奇，他们问我，"哪里人？"我说"本地人——沈家门"。对于我的话，他们并不觉得奇怪，反而说"有许多北京人都没有去过万里长城呢"！从平台处往下张望，海边是海龟巡岸的景点，外乡人说："看上去更像是一对情侣在深情的对视。"

　　继续往前走，前面是一处奇石。照着这张导游图，我们开始寻觅"东海神珠"。果然，有一处，一块巨石上镌刻着红色的"东海神珠"字样，下面躺着一颗硕大的石珠，大自然真的是鬼斧神工，前面还有"龙珠滩"。我们一路踩着形状各异的奇石、怪石，攀上了山河小道。到了"八卦亭"，亭内的一切布置都是仿照八卦样式，亭子位于山崖边，一处崖壁上长着一株芙蓉树。恰好金秋十月，鲜花怒放，两位游客问我："这是什么花，怎么从来就没见过？"我答道："芙蓉花，芙蓉仙子你们不知道？"其中一个游客从口袋里掏出一包烟，指着烟盒里花，写着"芙蓉王"三字，我说："对，是它！"于是，我们三人一起去赏芙蓉花。淡红的花朵，一簇簇盛开着，绿叶映衬下格外美丽。"芙蓉花比牡丹花更加清秀脱俗，傲骨的多。"我自叹道。崖间，这棵芙蓉树显得风姿不凡，整树的花朵，成了亭子旁一道亮丽的风景。我们一起坐在八卦亭里石凳上喝茶赏花。

　　因为我是初次来桃花寨景区，对里面的风景路线不熟悉，就干脆与两位东北游客结伴而行。于是，一起攀爬上了另一座山峰的"积翠亭"，这里每座山峰上的凉亭都称为"积翠亭"。这里的山特别的高，从这个亭子可以望见许多座山峰，还有下面的汪洋大海。两位东北游客诗兴大发，朗诵起曹操的诗《观沧海》:"东临碣石,以观沧海。水何澹澹,山岛竦峙。树木丛生,百草丰茂。秋风萧瑟,洪波涌起……"亭子里聚集了许多游客,我从包中取出一支铁树花。问两位东北游客认识吗?他们两人好奇地看着这枝花,打量它如凤凰的羽毛,花蕾般的鲜红色的花骨朵。他们都说应该把这制成标本保存好,铁树千年开花,这似乎意味着铁树的花是多么的稀有。

山顶处风特别大,从上往下眺望真的有种豪情壮志的感觉……

沿陡峭的山道下来,我们经过"碧海潮生"和"讨剑亭"两处风景地。有处"弹指峰"格外地引人注意,山峰坚韧挺拔如被刀劈的一样。"弹指峰"状如其名,山峰形状如弹指。我们又来到一处"桃花潭"。这里风光旖旎,似人间仙境。潭水碧绿,绿树成荫,潭边挺立着"广玉兰",洁白的花朵,芳香沁人心脾。还有许多种名贵的花木。"桃花潭"不远处有个"桃花湖",又是一个天然的湖。湖水清澈,湖面宁静,堪称另一处世外桃源。

经过"Exit"的标记处,我们走出了桃花寨,来到坐车的停车场。而后回家,我们途终"白雀寺",却无缘去拜访。一路上,车里东北人谈起他们所住城市的市花,说是紫薇花。我说:"我们舟山的市花是水仙花。"

回到桃园大酒店,我点了几个炒菜,一瓶饮料,津津有味地品尝起来。本想出去逛街，却又怕人生地不熟，还是老实的待在大酒店的客房里。拉开窗帘看桃花岛的夜景，对面一家宾馆流灯溢彩，将四周映照得如白昼般亮堂，不时传来音乐和歌舞声。

第二天早上，我吃完早饭，看手表时间还早，就一边散步一边找寻去《射雕英雄传》旅游城，岛城道路宽阔、整洁。我一直顺道往前走，看到前面有一大片农田，旁边木牌上标示着农田示范基地，这里栽种着许多棉花，各种蔬菜瓜果，棉花如雪般洁白无瑕，蔬菜瓜果正待收获，一派丰收的景象。

我问路人去"射雕城"的方向，随后按指路人的话从农田中央一条小道上穿行而过。突然，下起滂沱大雨，多亏我习惯出门带伞，撑着雨伞走在农田阡陌中，别有一番风味。

雨啪啪地打在伞上，打在农田里，农田两边栽满了海棠花，正怒放着。岛上的空气清新宜人，一个人走在宽敞的农田小道，田野里有些许人影，还有一大片橘子林。这里的桃花橘很有名气，一大片枯红的橘子挂满枝丫，很诱人。桃花橘"味甜、皮薄"，享誉舟山。桃花岛橘子的甜不是死甜，而是甜中带酸却又不失鲜甜。桃花橘子的皮呈金黄色，虽然无法用薄如纸来形容，但也确实极薄。

走出这条田间小道，沿水泥路向南方前进，又是一片橘林，几个橘农忙碌的采摘橘子，我买了些，品尝了起来。

终于，走到了影视城。城门前是两排绿树，城门口，我买了门票，进入了有着宋代风格的艺术建筑群。第一道是"牛家村"，古老的村寨，一切都是木制的，古色古香。前面有处"蒙古大帐"，大草原的蒙古包，里面的地面铺着地毯，正对面摆放着一张太师椅，椅子身上披着张豹皮，气派十足！往前走是偌大的散花湖，湖口泊着东邪船埠，湖北面一块巨石上"桃花岛"鲜红的大字映入眼帘，倒映湖畔。沿着湖边蜿蜒的长廊，一直往前，整个长廊是依山而建，走到尽头，是一座唐古建筑群。

"京城广场"是《射雕英雄传》中比武招亲的地方，所在的这条街叫临安街。

我坐在湖畔的长凳上，远处传来悠扬的歌声，欣赏湖边柳绿花红的秀美风景。

北面方向有条石阶梯，沿着路标一直走，就如同进了一个迷宫。"八卦书屋""八卦桃花阵"，都暗藏玄机，来到"黄药师山庄"，又进了"黄蓉闺房"。房内幽香萦绕，灵气十足，空无一人，床上叠着各色的绸缎被，书房里摆放着仿制的空书箱，楼阁里会踩出"噔噔"的声响，可以想象一下当年"黄蓉"走路一定是蹑手蹑脚吧！

返途沿路，经过"八卦厅"，幽深的山道内，四处无人，只有小鸟在鸣叫，欢嚎。走过一程山路后，见前面有座南帝寺,我就跨进了寺门。寺门口有位老态龙钟的阿婆,我向她买了香烛,拜了寺中三尊大佛。阿婆帮我指路,南帝寺后门有一条小道直通出口,山道边"一支黄花"蔓延。

曲曲折折的山道又有一处"积翠亭",再下去就是散花湖的长廊处。散花湖里停泊着各式古船,还有"水榭""听雨居"矗立在湖边。

我离开桃花岛,不忘买些橘子回家。橘黄或橘红的偌大的橘子,留给记忆是一份甘甜,滋润又解渴!

写于 2006 年 10 月 18 日

舟山的几座桥

　　山在海边站，海在山周围；山在云中耸立，云在山中萦绕。此处便是舟山群岛。

　　一座座青山连着青山，山外是海，海外是山。舟山群岛是海中的云，云中的海！犹如一颗颗璀璨夺目的明珠撒落在汪洋大海中。千岛之乡，鱼米之乡，渔港之都。

　　舟山的大山，巍峨又青翠，便是舟山的山川面貌。据《舟山市志》记载，舟山群岛在宋代称为昌国县，元代为州。明洪武海禁之后，昌国之名逐渐隐退，取而代之的是一个新地名：舟山。这便是舟山地名的来历。

　　元代，浙江浦阳学者吴莱，曾到过明州（今宁波）甬东（今舟山）一带，写过一篇游记《甬东山水古迹记》，生动形象地描写舟山群岛的地理位置与风土人情："……昌国（舟山）中的大山，四面皆海，人家颇具篁竹苇间，或散在少奊，非舟不相往来。田种少类，人海中捕鱼。"这段文字记录了古时候舟山地理。2008 年 10 月，一项跨世纪的特大型工程"舟山半岛工程"全面竣工。此工程由五座跨海特大型桥梁将几座主要岛屿连接而成，并由其中最长的金塘大桥与宁波镇海相连接进入陆地，总长近 50 公里。

从舟山本岛向宁波镇海出发，依次是岑港大桥、响礁门大桥、桃夭门大桥、西堠门大桥、金塘大桥 5 座桥。

天堑变通途。这五座跨海大桥在海阔天空里如蛟龙戏水，伸展百里，跨岛屿，翻涵洞，穿隧道，把孤悬海外千万年的舟山群岛与大陆紧密相连。舟山从此告别与大陆隔海相望，靠舟楫摆渡的历史，舟山成了半岛。

同样，鲁家峙大桥也于 2006 年 4 月 30 日正式建成通车。大桥北起沈家门中洲路，南至鲁家峙岛西侧，横跨沈家门港，全长 1.74 公里。它的通车，成为连接沈家门和鲁家峙的主要交通枢纽，为鲁家峙岛整体开发提供了良好的交通保障。

1999 年 5 月，第一座朱家尖大桥建成通车，迈出了舟山海岛时代走向大桥时代的第一步，为开发建设朱家尖、发展普陀旅游金三角等发挥了重要作用。是华东地区第一座特大型跨海大桥。

舟山的大桥，让渡轮开始淡出人们的"视野"。乘坐渡轮的人越来越少，渡轮的汽笛声，终于成为绝唱！

写于 2010 年

沈家门夜景

沈家门，位于舟山本岛东南端，有良好的区域位置和独特的海洋资源优势，是我国最大的渔业捕捞基地，与挪威卑尔根港、秘鲁卡娅俄港并称为世界三大渔港。沈家门渔港，港内水深，无险恶暗礁，终年水面平静，港面广阔，是天然的良港。在鱼汛旺季时节，港内泊船甚至有近万艘，确有万船云集，桅樯成林，潮涨风起，百舸争流之势，一派"万条渔船一港收"的壮观景象。

沈家门的夜景，从来就很迷人。渔灯盏盏，漂浮在沈家门海港上，海鸥在夜空中盘旋飞翔。

每当夜幕降临，沈家门的夜市街繁华喧嚣，人山人海。有许多商贩在这集市交易琳琅满目的海鲜产品，鱼山虾海，形成独特的渔港景观，沈家门是著名的渔都。名满天下的海鲜吸引了来自全国各地的游客。

　　夜幕降临，沈家门万家灯火，如天上的繁星耀眼迷人。渔灯与街灯交相辉映，长长的港湾汇成灯的海洋。渔船在灯火中穿梭，众多倒映在海中的船舷灯像流光溢彩的霓虹灯。一艘艘小舢板如海上"的士"，几乎通宵经营，招之即来，十分便捷。

　　它们在船与船、船与岸、岸与岸之间，来来往往地奔波，驾船人的辛苦忙碌，使沈家门港这修长娇柔的身段，越发显得多姿多彩。

　　我很小的时候，就喜欢跟着大人们一起去逛夜市。记忆中印象最深的是一群杂戏班在夜市街表演杂耍。表演杂耍的都是十岁左右的小孩。一个女孩的双手脱臼一节，小女孩捂着脸流着泪，过路人都同情她，纷纷捐钱。人们开始窃窃私语，可能那些小孩都是被收买来的，肯定不是他们的亲生骨肉。小孩们的杂耍做得很好，很棒！少林寺棍棒打得像模像样，拳也打得精彩，人们纷纷称好！这样的戏班子，在三十年前经常会到我们沈家门来讨生活，这也成了沈家门一道独特的夜景，围观的路人甚多，好不热闹。只是，那个小女孩遮住脸流泪的样子给我留下了深深的印象。

小时候，沈家门经常会举办元宵灯节、渔灯节、美食节等民间活动。演出节目丰富极了，有走高跷、舞狮、双龙戏珠、民间木偶戏、唱歌、跳舞、舞扇等等。沈家门的夜景，因为这些活动，更加五彩缤纷，美丽动人。

元宵节的灯会，我记忆犹新。滨港路沿街是几百组的立式彩灯，挂式影灯及数百只小灯笼，夜晚的沈家门刹那间成了璀璨绚丽的彩灯世界。

这边是刚爬过一只张牙舞爪的霸王梭子蟹，那边又游来一条通体闪着金光的大黄鱼，野生獐扭起了秧歌，对虾竟会唱歌……造型各异，色彩缤纷的大型彩灯吸引了近10万名游客观赏。

每当夜幕降临，无数星星点缀在夜空中，明月当空悬挂，美不胜收！沈家门灯火通明。我住在奶奶家，坐在奶奶的双膝上，欣赏山下沈家门的夜景。奶奶家住在山巅之上，从那里往下看，分不清星星和灯火。眺望远方，沈家门的海港上，众多的渔轮停泊在海港中，也有许多艘渔船行驶在海面上。其中有一只渔船在飞快地游过，好像这艘渔船长了翅膀在海里飞翔，而且它的船身是金黄色的，像是一条飞行的"大黄鱼"。

　　三十年过去了，沈家门依旧繁华、喧闹。在东河菜市场和西河菜市场，有人彻夜不眠地进行水产蔬菜交易。菜市场里有丰富的海鲜水产，商贩们不停地进行贸易，讨价还价声，响彻夜空。

　　如今的普陀区沈家门渔港正在变成一座海上花园城市。可以想象，将来的沈家门夜景会越来越美，高楼耸立，沈家门人赶上了好时代。

　　　　　　　　　　　　　　　　　写于 2019 年 8 月 17 日

人生随笔

雨、伞

　　雨，淅淅沥沥下个不停，就像一名诗人在吟诵着什么，似银丝挂在天幕，似珠帘悬在空中。

　　最美的要数雨中的伞，色彩缤纷，五光十色。雨中流动的伞就是一道迷人的风景线，伞像一朵美丽的花，绽放在湿润的街头。

　　我看着雨落到地上，落到泥土里。看到庄稼正痛快地饮着雨水，茁壮地生长着。听着雨水哗哗的流到田里，流到小溪，流到河流，我仿佛听到了雨水的欢呼声。歌唱自己的生命，雨给干旱带来希冀，给农民带来丰收的希望。

　　雨是大自然的恩赐，就像阳光一样圣洁美好。雨，清甜，甘美，沁人心脾。雨中行，别有一番滋味。有人说，痛苦的时候，走在雨中就像走在松针上，一阵阵钻心的疼。有人说，幸福的时候，走在雨中就像沐浴春日的日光，温暖又舒畅。雨中行，个中滋味，只有亲身经历一番才有各种领悟。

　　雨，依旧下着，丝丝缕缕，接连不断，像情人的绵绵情话，娓娓动听……

写于 2004 年 5 月 31 日

四月的心情

时常绵绵细雨，时常艳阳高照。四月的天，阴阳的脸，时而狂风暴雨，时而风平浪静。我提着风筝，让风筝在天空中自由翱翔。四月里我的心像孩童的心一般纯真善良。

清晨散步在乡间小路，赏那起起伏伏的群山上升起的一轮太阳，是朝阳染红了群山的山峰和天边的白云，太阳慢慢地从群山背后钻出来，直至整个太阳高高的悬挂在空中。先前山脉还黑沉沉的，旭日东升后照亮整座群山。山脉变得更加巍峨、青翠！我沿着农田里的小道一路漫步，头顶着一轮鲜红的太阳，它是温柔的，并不怎样烈艳、炽热。我也时常看那西边日落的黄昏，黄昏很美，群山沉默，大地沉寂。太阳已渐西沉，太阳仍温存，连它散发的光和热都是如此温暖，柔和。黄昏的大地，被一层金黄色笼罩，无论如何，走在朝霞或是散步在黄昏，我都是在体验和享受大自然的美。

95

四月里，山花烂漫，春生草长，到处绿树成荫，百花怒放，山上的杜鹃花正悄悄开放，农田里的"青"正绿意盎然。

每当清明来临，舟山街市常见用青艾叶制成的糯米点心。舟山青饼（艾草饼）的做法步骤如下：一、采摘新鲜的艾草，不要太老；二、清洗艾草，剪除老叶；三、沸水过艾草两分钟，随后捞出放入冷水中，保持艾草颜色翠绿；四、剁艾草；五、剁碎的艾草和糯米粉混合做成饼状，撒上松花粉；六、锅中倒入适量油，油煎青饼，满满的艾草味，太香了。舟山人最喜欢在青饼中加入白糖，对半包裹着吃，好吃极了！艾草青饼主要有温中、逐冷、除湿、温经止血、散寒止疼的功效。

四月里，吃着青饼，心情特别好！

写于 2005 年 4 月 6 日

我的完美人生

滴滴答答，时钟的声音响彻耳畔，爆竹声中，又迎来新的一年，寓意着一年的结束，也结束了我一段持续二十年的爱恋。

一分一秒，时间在静静地逝去。生命短暂，时光飞逝，我已是临近不惑之年。

母亲河，悠悠地流淌着，在阳光下泛着银光，一闪一闪的，像金币。

羊肠小道在老家的村庄里蜿蜒地延伸着。我心情的步伐还停留在童年的记忆里，是那么的美好！曾无数次攀爬的小山，如今又新建一座"革命英雄纪念碑"。徒步走在山头，望着弯弯曲曲的母亲河，山下阡陌纵横，我心底波涛汹涌。

一切都会改变，也许故乡的母亲河也有枯竭的那一天，唯独两轮日月是亘古不变的。只有它们承载岁月的变迁而永不褪色。

　　所以，我向往日月同辉，所以，我追求永恒的东西。岁月沧桑带不走的，枯萎的落叶飘不散的，该是一种怎样的完美人生啊！

写于 2015 年 2 月 18 日

大学生活系列

象牙塔生活

金色的象牙塔里弥漫着诱人的气息。2006 年的一月，我有幸进入浙江海洋学院成人教育学院学习，由此开始了一段崭新的学习生涯。

一、开学

开学的第一天，海院的大厅里挤满了学生。我们交了学费，填了入学表格来到一处阶梯教室。整个教室内稀稀落落地坐着许多新学员。不一会儿教室里坐满了同学，有几位男教师走进来，我猜想大概是海院的领导。

十点钟，开学典礼正式隆重举行。各位学校领导入座发表讲话，在一阵阵的掌声中，领导们发言致辞。这里有 2006 届浙江海洋学院成人大学所有专业的学员，演讲大概持续了一个小时。

星期六的早上，我六点钟就坐车到了定海。我背着舅妈赠送的书包，里面放着几本笔记本、几支笔。望着车窗外的风景，心情激动。

初来海院，不知道数学楼是哪幢，一位好心的海院职工帮我一起寻找。终于在八点半找到了石化教学楼中我的班级。这时，教室里已坐了许多同学。第一堂课是《大学英语（一）》，有会计班和储运石油班同时上课。英语老师是名年轻的女教师，留着波浪形长发，身材修长，打扮时髦。我去班主任张老师处领来了书，就端坐在课堂上听课。

环望四周是新同学，新面孔，我很有新鲜感！我与他们将相处三载，共同学习，共同交流，共同渡过我们的大学生活……

二、海院的早晨

大学校园里四处弥漫着桂花香，醉得人的心都快熟透了，漫步在海洋学院的校园内，见一池碧波，一汪潭水，倒映在潭水边柳树成群，随风摇曳。一座精美的石拱桥架在两棵柳树中间，桥面上长着一株不知名的小树，柳树旁摆放着一张石桌和几个石凳。桌底周围铺着一地石块，我坐在石凳上，看着风景写着文章，耳机戴上听着音乐，感觉有点飘飘然了。再望一眼校园中苍翠的松柏，我不禁惊叹万分：多么年轻的生命。岁月如梭，时光飞逝，生命在一点一滴的逝去。我仿佛见到如涓涓细流般流淌的生命时光。我感到有点惋惜，是因为自己的碌碌无为的存在。

早晨，天气凉爽，运气却很坏。接连错过公交车，所以就打"的士"来到海院。回忆起刚才的那一幕，我的心情突然变得郁闷，虽然，我已端坐石桌前，伴随美妙的乐曲。

于是，我走进校园内的教学楼里，远远地就听见有人在念书，我还以为是哪位老师在讲课呢！走进门去，见一位姑娘正背着课文。我就主动去跟她搭讪，她说："我是绍兴人，农村里出来的大学生，学导游专业。"我又问她，"你家里还有什么人？"她面露难色："爸，妈还有我。"她说，"家里是农村的，家境不怎么好，我得靠自己出去找工作，自己养活自己。"说着话，我见她眼睛有点湿润了。她说她是第一次对一个陌生人掏心掏肺的讲述自己的境遇，我们聊了半小时，后来互相留了通讯方式，那算是我人生中的一次偶遇呀！我见到一个在海院求学的女大学生，刚强，自信、自强自立，不折不挠的精神，热爱生活，她追求美好生活的形象在我脑中烙下了深深的印痕。

这一天的早晨，变得阳光明媚，心情也豁然开朗起来……

三、海院看日出

2006年10月21日的早晨，海院的天空是白蒙蒙的，带点黑沉沉的乌云，空气却是清新的，天空中有飞鸟掠过，划破了黎明的寂静，我坐在海院的园林中，有绿树成荫，小桥流水，亭廊耸立，其间有野鸟穿梭林间。

海院内，我伫立在花园中，眺望东边的天空，空中现出一团微红，半轮红日微微睁开双眸，像一位睁开惺忪睡眼的美人，红日渐渐地被乌云遮住，像羞涩的少女用纱巾遮住了脸庞。我看了看手表，刚好清晨6点钟，东边的天空此时宁静得如风平浪静的海面，大约过了5分钟，红日又探出半边脸，几片浮云漂过，红日又浸没在云层中。

又过了几分钟，那轮太阳突然间变得大了许多，颜色也淡了许多，变成金黄色的，光芒四射，光彩夺目。他突破了云层，跃入空中，高高的悬挂在半空。

大约过了半小时，从北边漂来整块黑云，黑云再次将太阳吞没，东边的天空是灰色的，黑色的，好像马上有一场大雨要降临。北边的山头特别近，又特别青翠，山脉起起伏伏，连绵不断，且曲曲折折。

东边的空中，海院的东方，那轮太阳躲在乌云背后，却仍发出光亮，照亮半空。

一小时后，太阳终于跳出云层，整个的呈现在东方的天空中，阳光一泻千里，仿佛一条条金光大道。这时，我才发现红日已升上了树梢头，阳光洒满整个海院的花园。花园里鸟语花香，芬芳扑鼻，伴着莘莘学子的朗读声，海院一片朝气蓬勃的样子，学员们就像刚初升的日出，一片锦绣前程，充满着对生活的憧憬。

走进海院新校区……

最后一学期的开学第一天，我们已搬入海院新校区，海院新校区门口安静、洁净。

徒步走进浙江海洋学院的大门。眼前是两排铁青又高大的铁树，光滑的地面一直通向对面的图书馆大楼，往右拐是游泳池，往左拐是教学大楼。图书馆大楼前面是一个人工湖，湖边柳绿花红，湖对面是一个供学生休闲的广场。广场上有一个个简易的建筑用来遮风挡雨，供人休憩片刻，再看荡漾在湖中的水清澈涟漪，微波粼粼。

教学大楼位于湖的左边。整个大楼分四个校区，我所就读的经管学院就位于四校区。这四个校区是与整座教学楼连在一起，有一条通用的走廊，位于教学楼的中间。

很早，还很少有学生在校园里走动，仅有几个晨间锻炼或是晨读的学生出现在校园内。

四区的大门敞开着，我进入了大楼内。一楼的地上放着许多废纸，应该是新书刚到时，留下的大片包装纸吧！有个女青年在捡纸，收拾东西。

我走进四楼处 474 教室，门没锁，却没有人。走进海院，走进了希望，念完这学期，我就完成了在浙江海洋学院三年的大学生涯。毕业证书会在 2009 年 1 月发放给全体学员。走进海院新校区，美丽，干净，优雅的环境给我留下深刻的印象。知识能改变命运，走进海院就是走进了希望的田野，春天播种，秋天丰收，播种知识的种子，收获一张大专文凭的同时，也收获未来的希冀，知识能让我们成长，成才。

我的大学——最后一课

2008 年 10 月 12 日，今天是函授最后上课的时间了。我起得格外早，一大早就往学校里跑，坐上 29 路公交车，才 6 点我就收到一条班主任发来的短信。问我该选谁接替下一届班长职务一事。我向班主任推荐了一位女同学，钟晓佚，老师后来就选她当了会计班的班长。我推荐她的理由：钟晓佚为人踏实、好学。

海院的路边有许多店铺已早早开张营业。我从海院的后门进入，有不少同学排着长队不知在做啥。海院的校园广告栏里张贴着各种信息，如招聘、成绩栏、征文栏等等。

来到海院的成人学院教学楼处——四区教学楼，隐约的听见有琅琅的读英文的声音，我好奇地走近一瞧，一位女生正诵读英语，她也抬头惊奇地看了我一眼。沿着楼梯，我到了 474 教室，整座教学楼空寂一片，除了那个念英文的女生。她打破了安静得像沉睡孤岛的宁静。

我走进教室，感应节能灯一盏盏的自动亮起来，讲台上放着一张请假条，是一个叫沈惠的同学向老师请假写着于 10 月 10 日上午去单位面试的字条。我坐到一个教室中间的位置，打开笔记本和书本，开始温习最后的一堂课——审计。学完"会计专题"后，这门"审计"成了我大学生活中文化知识课程的最后一课，也是最难的一课！

我从四楼眺望窗外的海院，映入眼帘的是人工湖，美丽，宁静，温和的人工湖正在流淌着，这也将成为我一段永恒的记忆……

我该珍藏这段记忆，它是我生命里程的一段记忆，是我将自己的全部积蓄都投资其中，期盼有着丰厚的回报的记忆！

8 点钟，同学们都到齐了。一位男教师风尘仆仆的走了进来，手里捧着几本书。他走进教室，开始讲授这门"审计"课程，同学们都认真地听着他的授课，这最后的一课！

于 2008 年 10 月 12 日完稿

打工随笔

芦花米店的早晨

有一天，我从惺忪的睡梦中醒来。打开门，一眼就看见有个乞丐坐在地上，他用心地数着钱。数钱（硬币），是会发出响声的。一枚枚的壹角硬币，在晨曦下闪闪发光。我仔细地打量他，只见他身穿藏青色棉袄，下身着一条黑布裤，头发有些蓬乱，头顶戴着青色粗布帽，年纪约七十岁。

我猜想，刚才的开门声一定没有打断他用心数钱的那股子劲。不然，他不会没有注意到我，他继续安静的数硬币，一枚一枚，粗糙的双手拨动着硬币。晨光下，他的双手看起来很"饱满"，肯定是冬天的寒风吹得他手上长满了冻疮，红肿了的双手。他一遍又一遍地数着这笔可观的收入，总共十几元钱。想来，他坐在这里——我家粮店门口，已经很久了。

为了不惊动他，我将门虚掩上。我回到屋里洗漱完毕后，吃起早饭来。"呼呼"不知谁在敲我店门，我过去开门。"打十几斤米，买 2 斤面粉。"一位中年妇女进来了，边说边注视着我。热气腾腾的早饭，还没吃完，我不得不放下手中的碗筷，忙过去招待顾客。

写于 2000 年 12 月 30 日

浙江某食品有限公司工作片段

2000 年 1 月 8 日的早上，我匆匆忙忙地起床，吃饭，忙碌地骑车上班。一路上，总有许多跟我一样匆忙的行人。他们也这样三三两两的上班去。大约过了十分钟，我下车进了食品公司的大门，先前的顾虑不存在了。先前我总担心公司大门会不会还没有开，我必须在门外喊几分钟才有人来开门。

走进大门内，首先映入眼帘的是一排排横七竖八的晒渔网。我费了好大的劲，才找到一条通到办公室的路。打开门，进入室内又开始新的一天的办公。

谢天谢地，今天是周六，不用再东奔西跑。像往常一样，我开始打扫办公室。然后，我打电话问了问，确定勾山税务所没有上班。老板娘要去参加律师资格考试，老板也到定海出差去了。偌大的办公室里，只有我一人。

想来开始工作也快一周了，回想学生时代，读书时的清纯、纯洁的思想观念确实令人回味无穷。

如今，为了生活而忙碌，不断地重复着烦琐的工作。所有年幼时的美好憧憬在现实的大冲浪中化为泡沫。不过，多亏我保留了写文章的特长和读书的习惯，希望将来能拿到大学本科学历并且写出好文章。

周六，该是休息的时候，可我还得上班。我没有出去工作过，从来不知道工厂是什么模样，总以为工厂该有相当规模，设备齐全，环境优美。可是，自从我来到公司后我发现我先前认识是错的。公司是小规模企业，只有我和几个男孩，生产时还有一群临时女工。

每天上班，公司里只有我一个人，除了老板和老板娘，几个男孩都去做销售，我所做的工作就是缴付水电费、货款以及税费等等。除做好应该做的工作外，我还需额外的打印字号和贴标志，有时还得去厂房包装。

不过来这公司上班益处不少：一、我认识了注册会计师胡会计，他整整长我五十岁，今年七十二岁了，他总带我去沈家门小西湖的家里，教我水产会计做账知识，与他相处受益匪浅。二、我更欣赏老板娘，她杭大本科大学生，人又长得漂亮，打扮起来像白雪公主一样美丽，而且又会交际，特别是她说话一套一套的，她说："王老板，晚上来我公司吃饭呀！我这里的富贵虾只只都会爬的，还有蛤蜊、黄鱼、梭子蟹、香螺等着你来品尝。"她也爱开玩笑，有一次见老板戴着一顶毛呢帽，"我家老公活像一个土匪"，我们听了后都开怀大笑。而且，她为人热情又随和，带着我去逛小西湖的化妆店，教我打扮自己，给人一份好心情。老板给我印象也颇深刻：他说，那三只老狐狸都很精的，而当三位会计师事务所的会计来公司时，老板称其中一个会计师为"干爹"，分外热情，赠送公司的产品给他们。

因为身体的缘故，我在公司没干几个月就辞职了。

在舟山某食品公司实习会计
部分日记摘录

2008 年 6 月 17 日　星期二　阴有雨

今天是我第一天去舟山某海洋食品有限公司实习会计。6
点50分，我就到了单位，足足等了1个小时，财务部的人才来
公司上班。这是父亲托老同学联系的一个单位，老板也是我家
的一个远房亲戚。

9 点30分，会计才来到办公室，大概是外面刚办完事回来
吧，办公室里又给我添了一张办公桌。这下子办公室显得很
拥挤。

韩会计让我制作一张《固定资产明细表》，我第一次自己
动手做事难免紧张。竟不知如何开电脑，如何使用 Excel 表，
等我做完这张表时，韩会计唤我吃饭了。我就去办公室买了饭

票到食堂吃饭去了。

公司的员工食堂挤满了人。我要了一份土豆和一份蛋炒香莴笋，花了4元钱。在食堂碰到隔壁邻居的女儿，她过来跟我打招呼，会计和出纳员开她玩笑，她微笑着腼腆地走开了。

午饭后，回到办公室。我继续制表，韩会计又给我看各种报表包括增值税发票抵扣报表，接着又是让我阅览2007年度的会计凭证。一下午，我没有闲过。

其间，会计们拉家常，办公室里一片轻松、欢乐的气氛。

5点钟，我准时下班。我度过了实习会计的第一天，感觉比那些厂里打工的女工人们幸运多了，父亲给我这么好的机遇，该好好珍惜！

2008年7月17日　星期四　晴

我已在这家水产公司实习了一个月的会计。学习记账，却还不会报税。一个月的实习生活还是比较惬意的，办公室始终开着空调，十分凉爽。

会计是一位比我大20岁的阿姨，比较干练，谙于世事。出纳是一个大眼睛，看起来挺漂亮的40多岁的女人。二位阿姨经常谈论自己的家庭，女儿和丈夫就是她们的全部。不过，她们对工作也很认真负责。

一个月过去了，公司的办公室人员我都已熟识，我认识了销售部的工作人员邵小妹，她也毕业于浙江海洋学院，是我的校友，听说我在大学期间担任班长，她显得格外开心。她说大学担任班干部有很多益处，面试去工作单位会首先考虑录用。

今天是农历元八月十五，月正圆。晚上月亮很早就探出脑袋镶在群山中央，显得特别明亮，特别皎洁，夏日里清凉的晚风吹拂着脸颊，特别舒适。我和邻居舟霞一起去"沈白"公路上散步聊天。

2008 年 7 月 19 日 星期六 雨转晴

今天是食品有限公司开业的日子，开业典礼隆重举行，我负责在大门口收钱，让贵宾们在我处签名报到。

刚好遇到台风天气，忽而下雨，忽而放晴。办公桌湿了一大片，我们忙着搬进搬出躲雨。

大约十点一刻正式举行开业大典，许多人来公司庆祝，厂区大楼挂满了红色的横条，代表着一家家公司的祝福。厂里停满汽车，也挤满了宾客，称得上热闹非凡。来者都一个个西装革履，精神抖擞。公司的老板着白色崭新的衬衫，下身穿黑裤，脚上穿着黑皮鞋闪着亮光出席大典并发表讲话，下面掌声雷动，气氛热烈。

大会礼毕后，韩会计从我处收去钱财，朝办公室走去，公司的朱总也跟随她上楼。事后，韩会计说朱总大概是不放心钱吧，紧跟着她，问她拿收到的"礼钱"。我们都相觑而笑。

午饭，老板宴请所有员工和各位来宾。贵宾们都去了饭店，员工们免费用工作餐。饭后，我回到财务办公室打开出纳员的电脑，又忙着记6月份的凭证，仔细整理数据，忙了一下午。傍晚，我就提前半小时下班了。

公司里摆满了花篮，鲜花的香气袭人，空气中飘荡着花香，和着咸咸的海鱼味道……

我曾在舟山某船舶物资有限公司工作

今天是 2016 年的 3 月 10 日，是我进入舟山某船舶物资有限公司工作的日子。

会计跟我一样，也是浙江海洋学院的大学生，比较年轻，大概 30 岁，长得挺秀气，我们一起核对 2016 年 2 月份的账目。

这是我第一份正式的工作，我已挣了 9000 元钱，我很珍惜这份工作！

老板十分和蔼，会计小严人挺好的，在这里工作比较轻松，老板很客气，有时客户赠运给他海鱼，他也会送我一些，有金枪鱼、带鱼，梅鱼等等。会计是兼职的，很少来办公室，财务部偌大的办公室平日里只有我一个人办公，每天要开大量的发票，特别是月底开票金额达几十万元，每张发票下面都附有货物清单，清单里列着几百种品名，甚至上千种货物名称。每天，我都很忙碌却又很充实。

沉　醉

　　我在西子湖畔领略湖光山色，我心沉醉。这里人来人往，熙熙攘攘，煞是热闹。一如往昔，这里有旖旎的风光，这里有不变的历史沉淀。一如往昔，这里有出色的才子佳人，一个个如当初"苏小小"般那样才貌俱佳。

　　春风荡漾，斜阳的余晖洒落在西子湖畔，是多么的美！多么的让人沉醉……

　　杨柳依依，垂柳如羞涩的美人沉默不语，绽放的桃花娇柔俏丽，耀眼迷人。杭州是天堂，西湖是天堂中的仙境，我们有幸来杭城一游，就要去西湖走走逛逛，正所谓"不到长城非好汉"，否则会遗憾一辈子的……

　　这边天空湛蓝，阳光明媚，这边空气清新，春风拂面。这边西湖一如历史的昨天，一直静静地在杭城展现她柔美的风姿。西湖就像一位倾国倾城的绝代佳人，风情万种……

　　我沉醉在她美丽、优雅、高贵的气质中。她——西湖，令我魂牵梦萦，令我流连忘返，令我心绪不宁，令我会情不自禁地回首。

　　蓦然回首，那人就在灯火阑珊处。她就是美丽的西子湖。湖水如碧玉般清澈、透明，湖面微波轻荡，反射着破碎的日光，耀眼夺目。

　　西湖是上天赐给杭州的无价宝贝。是杭州人的骄傲。她是汇集了静、清、柔于一身的精美绝伦的大自然的瑰宝。

　　当我沉醉在西湖的迷人景色中时，也不忘历史赋予我的神圣的使命：尽最大的努力，将一切的美妙用文字描述出来，与人共享。

　　沉醉！如此的华美，如此的妩媚动人！沉醉！如此的纯粹，如"莲之出淤泥而不染，濯清涟而不妖"般。

　　当我们都沉醉在西子湖美景中时，她却仍独领风骚数千年，成为杭州的经典。在浩浩的历史长河中，流淌不息……

忆童年

恍如隔世，四十的岁月年轮已来临。母亲河仍碧蓝清澈地流淌在记忆里。

戏水的孩童已渐渐地远离这条母亲河，奔向四方，奋斗在各自的岗位上。

母亲河，温柔、深沉。童年时候，我们这群孩童因她——这条母亲河，欢快得不得了。不过，我们有时也惧怕河里的水蛇，它时常会追逐我们，每次我们都惊恐万分地逃跑。

记忆中，河岸边几株挺拔的樟树矗立着，高大又威猛，有时许多邻居会在此乘凉。四十年过去了，樟树没有变得苍老，反而更苍劲有力！它郁郁葱葱，印证着生命的姿态，散发着诱人的生机勃勃。它舒展开来的树冠，像张开的一顶绿色大伞。默默地守候在母亲河的身边，如同一位年盛的母亲。

再看曲曲折折的河塘，河岸蜿蜒的曲线，如今变得"僵

125

硬"。记得年幼时，我驱赶着一群白色的大鹅放养在母亲河。看着那么兴奋的大白鹅在水中嬉戏，我也在河中尽情地沐浴。

河岸的道路是石子铺就的小道，我每次到河边放养鹅都是赤着小脚丫，哪怕是盛夏酷热也亦如此。我的那双小脚丫竟能承受得住发烫的石子路。

除此以外，每当地面热得冒烟，炎热的夏天来临时，我跟弟弟两人便去丛林峻峰中捉"知了"、偷野果、挖地瓜，漫山遍野曾有过我俩的身影。也经常会去河畔垂钓。也经常会在竹林中摘取竹子做成"竹枪"或"竹笛"，也经常会在阡陌纵横的田野里捡鸭蛋。只记得童年的生活多姿多彩，无拘无束，快乐，尽兴的玩耍是我的童年。我记忆的河流是一条蹚不过的"河"。

依稀还记得门前有一株合欢花，那曼妙的身姿，粉红如扇形的花朵，在绿色的枝丫下悬挂，在风中舞动。

老家旁另一株桑树，也不知它的树龄究竟是多少，只知道它很高大、茂盛，有三四层楼高，只知道它的果子非常的味美。小时候，老屋旁的这棵桑树便是我跟弟弟的"果园"。桑葚鲜美、酸甜的果肉，颜色艳丽的摇曳在风中，飘荡在雨中，也算是一种洗礼吧！

远古回音

　　静，不能再静的深夜，我端坐在桌前，听！一个来自远古的回音正悄悄地在靠近我。相距越来越近，第一次倾听震撼心灵的诉说。远古回音，你高亢、嘹亮唤起多年沉睡的良知。你悦耳、清脆，扣动我停息许久的音弦。

　　我该歌颂你吗？眼前是你最辉煌的日子。你一定伴着你独有的远古回音轻松地迈着步伐，由远古走向现今。

　　我该诅咒你吗？眼前是灿烂今朝，你高傲地抬头，目中无人。你用你的尊严深深地扎伤了我梦想归岸的心。你用独特的方式撕毁了隐藏在我心底很久的真正的面容，却怎知他的背面是张不潇洒的面具。

　　悲哀与欢乐早被现实所打动。于是你另一个方向的美丽也被我淡漠，藏在你内心深处的丑陋我也犹如不见。沉沦，再沉沦，成为耻辱的内容。我哭喊，我纳闷，我心痛却又无怨无悔。

你——远古回音，从千里万里的梦乡追来只是为了安慰我吗？你——远古回音，是否依旧记得从陌生到熟悉，我们曾经走过的这段路，岁月悠悠，时间早已把彼此装扮得如同另一个世界的成员。你却依旧含笑如初！

啊！远古回音，我最亲的声音，你还在兼程吗？从古老，再古老……

紫竹林观日出

金秋十月，我乘兴来到普陀山紫竹林一睹海天佛国日出的瑰丽景象。天蒙蒙亮，紫竹林禅院的大门早已敞开了。我迈步跨入寺院，沿蜿蜒的石阶梯，来到"不肯去观音院"前的一座凉亭。

凉亭前是一碧千里的莲花洋。洋面宽阔而壮观，清风徐徐，海浪轻轻地拍打着亭子前的石崖。一只海鸟停在石崖上，时而欢叫几声，时而又不停地来回跳跃着，仿佛也在等候日出的来临。

正好清晨六点，静卧在莲花洋中的洛迦山，其形状极像一尊南海观音躺在海面上，因而得其美名"海上卧佛洛迦山"。此时，她将要睁开惺忪的睡眼，一轮红日从卧佛的腹部缓缓地升起，先是绯红的一点，接着是探出半个脸，而后又是慢慢地往上爬，一瞬间整个红日从洛迦山上升腾起来，鲜红的略微有点玫瑰色，却没有刺眼的光亮，仿佛是镶嵌在"卧佛"身上一颗鲜红的朱砂印迹。就在这一刹那，蔚蓝色的天空上几片浮云凝然不动，仿佛天空也屏住了呼吸。洛迦山青翠庄严，莲花洋上却波光粼粼……

遥望红日跳出山峦，忽见天空中的浮云连成一片，白云的形状极像唐朝画家阎立本笔下的"杨枝观音"。观音大士头戴珠冠，面容慈祥，体态丰腴而端庄，一身素装，横卧在天空中。红日刚好升到了她的头部后方，徐徐上升，极像佛像中的观音大士那轮光环。

此时，海面有些起风了，吹到身上有点凉意。半空中的那位"杨枝观音"也开始辗转反侧，不断地变动她的睡姿。同时，躲在她身后的红日一会儿钻入浮云，一会儿又钻出云层。

我坐在凉亭上远望，没有一艘渔船漂浮在莲花洋海面上，洋面显得格外宁静、安详。随着时间的推移，太阳渐渐变得光彩夺目，阳光一泻千里，整个洋面呈现一条条金光大道。又是一个崭新的旭日东升，美好的生活就是从迎接日出开始！